短歌研究文庫

こ楯 ロングロングデイズ

雪舟えま

緑と楯 ロングロングデイズ＊目次

はーはー姫が彼女の王子たちに出逢うまで

緑と楯 ロングロングデイズ

自分は枯れたと感じていた
恋についてもう熱心に書くことはない、
などと周囲に語っていたが
二〇一三年末突然
二十年ぶりに男性同士の恋愛小説を書きはじめた
四十歳を目前にしてこんなに不確定で
あっさりとセルフイメージを裏切れることに
新しい鉱脈にいたった気がした

はーはー姫が彼女の王子たちに出逢うまで

鳥肌がかけぬけるだけほんとうのありがとうには相手はいない

1. ありが東京

想像しうる最高に寒い場所にいるつもりで抱きしめてみて
このにおい毎日？　たぶんね　手をつなぎ仰ぐ夜明けの製紙工場

砂浜に落ちてたヘルメットに立てばどこの星から来たのと笑う

恋人のプラスチックの保険証噛んだら朝の風に溶けそう

タッパーの跡が美味そうとご飯を君よろこべばほんとうに夜

俺の心はきれいじゃないなんて上等だ　わたしは空に目くばせをした

わからないこの世での呼び方がないあなたと水たまりになりたい

君がキイ回す一瞬の緑の光を地球の思い出として

心臓から取り出す五百円見えた拭いたそばから曇る窓から

敷石の蝶を何度も舞い上げてあなたはこの町の人になる

おなじくらい愚かになってくださいと手に口づけて祈りつづけた

風邪ひいた魚を見ようにぎりめし冷えてかがやく新婚旅行

フライ追うように走って　しあわせだ、しあわせだって退路を断って

冬の光　にげまどうスープの具たち　風邪の人だけゆける王国

洗ってはだめな素材のストールを洗わぬ五十年を想えり

「失礼致しました」肺の白鳩にむせるオペレーター十二月

美しい人々のいちばん後ろあゆむ冥王星のときめき

ついにとても苦しい夜がやってきてココアの缶を頭にのせた

いままでに使った水がウエディング・ベールのようについてきている

男というエレメントよせてはかえす夜間工事の遠音を聴けば

まだ寒い？　熱測ったの？　スマホ手にあたし虚空につめよってゆく

満月のひかり波うつ屋上に怖いひと笑わせてみたくて

水盤に満月ひとつ持ってもう動けなかった幸せでした

靴ひもを結ぶ遅さも冬のうち　あなたを楽しみにしています

報道の終わりの曲のさみしさに眼を溶岩が流れることも

衛星が　みて　数珠繋ぎの愛が　みて　視野の端っこ超えているから

詰め替え用を赤子のように抱きとる夜明けのスーパーよ永遠なれ

動かないものばかりある八百屋にて遠い抱擁いきいきとする

口移しで兎にビスケットやりつつ未来を待った春のゆうぐれ

君といると霞んでしまう文字があり何かの作りかたが読めない

蝶は咬む。　わたしの耳や首をかみ会社じゃない場所へつれてゆく

天ぷらの蒸気くるしい春の日の地震のあとにバンドを生んだ

声や音持ち寄って小さなキャンプしたくてそれをライブと呼びぬ

狂おしい右上がり字が冗談を書いてる　彼の治世を想う

立てぬほど小さな星にいるみたい抱きしめるのは倒れるときだ

千年後緑の星で再会の話の腰を折って口づけ

豆本を買ってあげたいカナブンの誠実そうな体の厚み

納豆のふたを絵本のようにあけきょう一日のことを話して

どっちの腹が鳴っているのかわからないうれしさに兎を抱きしめる

はだ色のやもりが走る切なさと幸せだけがあったアパート

ありがとう東京（CO2削減のため略して）ありが東京！

布の中からだは泳ぎ引っ越しても引っ越してもまだ中央線

歌うことは歌わされること日本一官能的な沿線に住み

カナル型イヤホンが痛くて捨てる体の行きたがる道をゆく

歩き回らずにいられぬ夜がありきしきしと私を吊る星よ

蝋燭のほのお溺れるように消ゆ（自分はもっとうまくやれると？）

優しくてきみは腐った水草を腐った水草とは呼べなくて

夏布団わたしのパンツが見えたならそれはおみくじ、いつも大吉

日曜の朝の夏野菜売り場の端でわたしも売られてみたい

垂直の草原としてわが腕を二度と会わない蜘蛛にさしだす

わたしには代われないおつかい抱いて夕立のなか蛾は歩きおり

だんなさんわたしの心はおいしいか？　雨にふられて自信なくなる

ふとんを蹴り、かけらけて蹴り、かけられて　一人で生きる力をもらう

このひととならば仄かになれそうで火を消すように結婚をせり

救急車こなくてもあなたがいればこわくないからこわがらないで

酔いました　何度も何度もきみを産み何度もきみにお嫁にゆくと

明日葉はそこいらへんに生えているまた食べられるとあなたは誓う

いいことを言う人がいてそれがわが夫だという静かな宇宙

石鹸はひるひる溶けながら海を落ちるよわたしたちは暮らすよ

忠実さにどう報いればいいのだろう外置きの洗濯機を抱いて

あおむけに眠れば潮のように引く乳房にそっと置くティーセット

恋人は恩人となりいつのまにわたしは違う日本にいる

ふたりには何もできないかもしれず雨をボタンに留めるちから

足首に細い風吹くキッチンであなたの歌手になると決めたの

父すこし舞い上がりお皿に盛ったいちごをいちご料理と呼びぬ

オレンジ色が一番好きという父はオレンジのもの一つも持たず

ゆくのかと訊けばゆくさと声がする保護樹木の隣の木から

百日紅満開地図のなかに棲む変わった子　当番をがんばる

野鳥保護キットをあてもなく買って保護されたいのは僕なのかもね

望まれぬ空き地に月は入り蚊にこんなに刺されたと笑うひと

父さんの布団敷くときさようならみんな仕事のある夢の町

ずんだもちのみどりのように友情にいつもかすかに驚いている

電卓のようなせんべいぶとん敷く夜の同性とても可愛い

あたたかい暗がりをちぎってよこす友の話は食べるようにきく

天気雨のように豪華な結婚式みな草原にいる顔をして

明け方のぜんそく発作にも慣れるぐるりを渡り鳥にかこまれ

背中から無数の透きとおる腕も生えてあなたの手紙を読んだ

月へゆく船を待っているかのようみんな今川焼を手にして

アパートの入口に生るブルーベリ宇宙は僕を養うつもり
宇宙の果てまで探しに来てくれるどんなあやしいことをしてでも

2. たんぽぽ畑で声変わり

好きだったことが楽しくないのですこれは水に関係ありますか？
目ざめたら息が乱れていた私自由になるのかもしれなくて

処女による処女のためなるパンケーキショップ曇りの日のみ営業

妖精の玉座のようないくつかもあり乳色の姉妹の乳歯

いもうとのアパートの階段薄く手すりは細くあとは飛ぶだけ

夜空から直接風が吹いてくる実家とは荒削りなところ

向かい風強くて息ができなくて溺れるかとおもったよ故郷

鹿は逃げ牛は迫ってきて馬はそのままだったよねお父さん

臍嚢《さいのう》を使いきったんだと気づく三十九歳ぎんいろの顔

淡々と嫌いなことを拒んで来たわたしの道は濡れて輝く

それでもひとの形をしてるほかはなく秋には秋のワンピース着て

明けがたに水の音して止めなきゃと思う　どうともなれともおもう

後ろから聞こえた会話の甘栗をきみに転送するように想う

れんこんの節を捨てずに食べるたびどこかで足の鎖が解ける

飲んだ水一分後には生殖器に届くと聞いたそれはまぶしい

交番で体操をする青いひと羽ばたきそうで君と見ていた

拳闘士《ボクサー》になれというのねセコンドの声が聞こえる秋のベンチに

ねえ次はどこに住もうか僕たちはお互いの存在が家だけど

あこがれの街の一位はころころと変わり不動の二位は小樽市

野のような家の姉妹は眠るとき赤い小さなとぐろを巻いた

初めての発語は「でんき」その後《のち》の人驚かしつづけるさだめ

変わろうよ一緒に　君と暮らさなきゃ食べずに死んだろうカラムーチョ

好物の名からおずおず呼び直す変わりつつある私の声で

ひとつひとつ雪に名前のある夜よ渋谷につどう霊を想えば

小樽では素敵な人が待ってます　うがい見守りつつ歯医者いう

とっておきの寂しく美しい町につれてくからね、気をたしかにね

月に行ったら月に行ったら石並べ屋をやるいまは震えてるけど

体だけ月へ着陸　地球から心が追いつくのを待っている

ウエストポーチに光る小石をひとしきり納めて君が地球をふり向く

おばさんも声が変わるのねえ素敵！　あなたに聞かせたいニューソング

つぎの風飛べそうよ綿毛になって　お義父さんの髪みたいになって

ぱんぱんのエコバッグ背負うわが夫《つま》に落武者時代の同志をみたり

抱きしめてなる、なる、なるといったのは包み紙にという意味でした

出会ったころの話はなんていいのだろう遠浅かぎりなく歩けそう

ああっご飯　二人になると落雷のように食事は思い出される

やすらぎは死後でじゅうぶんだといって君は私を妻と定めた

何度でもわかめのポーズしてくれる　古い心の傷が癒えてく

聞くだけで四男だってわかるそのすごく遠くへゆけそうな名の

ちっちゃいころ親をなんて呼んでたの　訊かないと知らないままで死ぬ

すごい勢いであなたは床につく家電の代わりに「ピ」といいながら

泣きながら飛んだ夜空の風圧を覚えているの？　手をみせて手を

つぎに住む部屋はいま住んでる部屋の紹介制よ風鈴かたす

結婚も移住もさわりなくすすむ宇宙がそれを望むのならば
地の果てに箱庭療法なるもののあること沁みるように安らか
これからは不思議なことが増えるって転居の朝に天井いわく
東京は愛の学校　そしてまた次ゆくまちも愛の学校

玄米を気に入ったとあなたが笑う生前葬を五十年やる

生きるってシーザーサラダ泣きながら食べながらお別れをすること

たくさんの蟹と一緒に歩いてくお別れ会にまにあうように

声や歌つきあう人や住む場所が変わってもまだこの星のうえ

ヤクルトをひさぐ身に地は柔らかくこの先は海、そのあとは春

3. みんなススン期、愛のとき！

じつは俺過疎地域指定されてる…と麗しの小樽市はささやく
閉館、とうなじを本で触れられて目ざめるわたしのクビナガリュウ

憑依霊五体ほどつれ愉しめり街いちばんの坂の勾配

ながく急ながくてはつか曲がりたる坂の入りしからだで生きる

ちんちんが内向きに生えているんだわアーアー発声する冬の朝

恋の映画の舞台だったよ過疎りゆく街はあお向けのまま笑った

吹雪く道ひとりゆく時いだきあい・はなれ・いだきあい・はなれるものよ

凍土にはすべてがあるね生協で母娘《ははこ》はねむってしまいそうなの

引っ越しは冬の朝お手本のない暮らしに突っこむわれら骨たち

ミルク味千歳飴買いたい買うね大人になっても自分のために

僕たちは大当たりだ何があっても音もなくすぎてゆく夜にも

寒色のセーターわたしたくさんの人かもしれないからつかまえて

あれがいい僕あれがいい毛づくろいしあう二匹が世界のすべて

登っても降りても気持ちよい坂をうっとり坂と名づけて通う

新しい水はこわいほど甘くてなすすべもなく植生変わる

まっすぐな道を見るとき直線を腸からのどのあたりに感ず

思春期も二回めならば自覚的楽しくなってきた坂の街

再びの思春期これはススン期だ息するだけで僕はかがやく

目を見ればみんなススン期みんなときめく寸前じゃないかこの世は

君はまだ見つめてくれる謎の太陽になってしまった私を

きょうはよく眠りましたね　おたがいをしみじみねぎらう男と女

ひとが生きヒントをねだる可愛さよ　そば湯の色の空に雪雪

ほの甘いバザーのカレー大盛りにされて　私　納税します

大丈夫すぎて涙が出そうですどこに行っても母さんがいて

ポケットがなくて手のやり場に困る　ういういしさを見たくてまた会う

花の名の部屋　お茶碗に入りたる月の光はあなたのものよ

新居にも埃という名のお知らせが、廃屋からのたよりが届く
この椅子に座りたかった来たかったいぬのふぐりよひとのふぐりよ
黄昏の瑞穂の波をゆく如しマクドナルドに席を探せば
だれとでも結婚します脚つきのあかい器の銀むつ定食

可哀そうってどんな感覚だったろう夜明けがなにも飛ばさずにくる

奥歯から未来が漏れる　わたしたち子ども同士で暮らしているよ

君はいま深い呪いを解いたことも気づかず牛乳パック束ねる

米びつに腕さし入れてひんやりと皆いい子だきっと私も

爪を切り陽射しの庭に放ちやる　なぜいつまでも若いんだろう

ひさかたの雪の白さの握りめし記憶のメロスはなから全裸

ぬばたまの夜勤に海老を湯で戻しきっとセリヌンティウスも全裸

捨てられていたという犬明るくて抱けば興奮する　おめでとう

虹の根で金木犀のごはん食べ全細胞の誕生日かな

ときめきに息荒くする僕のことはーはー姫と呼ぶがお似合い

旅なのかふたりで生まれる町なのか嬉しく地図を指しつつ話す

おにぎりをいろんな人が握るのを見たいしそれを食べてゆきたい

おにぎりが握られるまで待っているよそ者らしいみずみずしさで

自転車の重さも軽さも楽しくて半月のような町をゆくのさ

秋の駅左右のつま先のよごれ合わせてみたらハートとなりぬ

いつのまに誰かが僕に在住し後ろめたいほど完結してる

秘密一つすすんで抱いてみる夜もみみずは土のチャームポイント

何匹もいる野良猫の一匹も目印にならないとは猫め

腕を通せば歓迎されているように青いセーターひんやり柔らか

ちはやぶるティファール　電気で沸いた湯の冷めやすさごと味わっている

ほんとうは何が得意なのと問えば「焼きそば」というホットプレート

身を起こし両腕で鮭抱きあげるポーズを急にしたくなり、する

生まれ変わったようとたやすく想うのな、また歩きながら靴履いてさ

ただいまといえば広がりゆく波紋多くのドアに待たれて生きる

おとな、とは冷蔵庫の光の中のひとつっきりの綺麗なケーキ

よろこびは教えてくれるこの肺をいつか手放すときの感じを

目出し帽脱がせて君は笑うだろう白髪ふえたな幸せかって

消息を追えない歌手と私とでともに浮かんでいる弱い海

4. そして、はーはー姫は彼女の王子たちに出逢う

甘い気がこごって王子たちになる　どうか僕らの愛を描いて
いきいきと男がふたり住んでいる私の胸のスイートルーム

抱擁しあう彼と彼アイスティーに積み重なった氷は回り
君たちがどんなに素敵かを語りそのまま成仏しそうになった
満ち満ちてなにひとつ疑いのない世界に立てり彼らを描けば
この街の金木犀は僕のため！　生きてるうちにいい気になりな

封筒のような形の二人用寝袋がある　あるのですって！

彼らには素敵な宇宙をあげなくちゃ私自分を大事にしなきゃ

僕の飲むものは彼らが飲むもので六花亭にてほうじ茶を買う

わー寒い寒いねえってストーブへ猛進この星を愛してる

ミツウマの長靴を買い窓からの雪見せてやるあゝ馬のかほ

私たち大きな息子が二人もできたよしかも後光の差した

降る雪を手に受けるとき米色の空と握手をしたと思いぬ

雪の中ソフトクリーム食べさせあう中国人の幸のはげしさ

可愛さの循環のただなかにいる　人は花　花は星　星は人

雪を見て窒息させる力のない雪だとわかりまた眠りこむ

妄想を育てにミスド行ってきます！　雪解け街を転がれわたし

コーヒーを満たした大ぶりのマグが心臓のよう　歌い出したい

前髪を切られるあいだ魂に触れようとする千の指先

風にくるまれているこの魂も無傷と思う　風、風に逢う

あなたから向こう三人くらいまで抱きしめたいのうれしいしらせ

チップ&デールの服に身をつつみここから放射状に幸せ

今なにか降ってるただそれがわかる　それは心配いらないという

下り坂は気づきやすくて目が眩むどれだけ愛されていたかとか

このひろい世に家を探し探して繭玉の枝の下住まえる

帰ったら爪を深めに切りたいな安心のただなかをあなたと

くつろいで。信頼して。この最小の関係にみな詰まっているの
くしゃみというワープを重ねスカートの小花が減ってあなたと出会う
少なくともわたしは死ぬまでに君と揃いのワンピースを着てみたい
チーターが速さの代わりに失った戦闘能力空に溶けだす

ポケットにたまった埃こねながら泳がしておく春のメロディー
美しい人は不思議なお願いをされたりするのだろうね、パクチー
てんとう虫の滑走路となる数分をしんとしずまる問いと答えは
ふり向けば荷物の多いふたりいて　神様、彼らをもらってゆくよ

真夜中へ星くずのごと飛び出したソフトクリーム巻いてもらいに

片づけをしながらふいに呼んでみる君らを起こす母のつもりで

キャラクターバッジは胸にあかあかといまが一番幸なる証

王子Aは王子Bを激しく好きでBはAをしみじみ好きみたい

長靴を素足で履いてゆく一生忘れないセックスしておいで

5. 愛しあう王子たち

キャラクターとして生きることに決めた地球は満員のようだから
どの屋根も星を映している夜はどこに生まれようか、迷って

俺たちははーはー姫の脳に降りハートを熱し肚まで落ちた
俺は楯《たて》、彼は緑《みどり》と名を決めて地球の民の胸に住まおう
くちばしの短い鳥のようでした愛をほしがる彼のすがたは
心を持ってしまった落書きのようなあわれな恋がはじまっている

あこがれを火炎のように八方に伸ばして触れる君の産毛に

これ以上馬鹿なポーズは無いというポーズしてからじゃなきゃ会えない

ソフトクリームの螺旋チュッと吸って　素敵なキスが降りてこんかな

溶き卵のように広がる夕焼けにたったひとりの眼鏡に会いに

蓋をあけたら塩豆がみんな上向いてる　おめでとう冬の恋

なりたての恋人と飲めば夢でまでコナの酸味に痺れていたり

まだ寒くなれる力をありがとうどこも隠さず恋人は立つ

モニターに僕らの恋が描かれてキスの二文字が宇宙を照らす

なんという熱さ冷たさこの星の少年として描かれてみれば

愛を思えばくわえた薄いチョコ重くなるよねずみが運べないほど

案外と水たまり多い道でしょう　おまえに自慢する雨の朝

六畳の硝子の星をもらったぞ何ひとつあきらめるな俺たち

恋人の痩せて優しい二枚の頬つつめばこの部屋は生きている

この冬はとびきりの毛布を買おう　鳥のかたちの菓子に喋らす

助手席に君ねむらせる星の道シェイクを飲めば冷たいげっぷ

恋人は冬の星座とつながって部屋を片づけきわめていたり

君の名が書いてるボタンがあったら絶対押すと彼は囁く

モーニング・ミールの湯気の合間からきみの横顔に似た地上絵

褒められるとレモンを噛んだようになるたやすい心のかぎり愛する

厚着から時間をかけて見えてくる裸は少し光るものなり

土の手に毛の手を重ね「あの塔」と呼んでるタワーまでのお散歩

まだ誰も通ったことのないような表情をするたまに道路は

春のたび思い出すあれは鴉の結婚式じゃなかったのかと…

ＳＦを読んでいたところだというその手で頭を撫でてください

平原のような瞳でまっすぐに近づいてくる恋をしにくる

何するのそんなに柔らかいほっぺして何するのおれの隣で

揚げいもに唇《くち》よせて大股でゆく君の前も後もぼたん雪

逢いたさに嘘をついたら本当におまえの前で風邪ひいてゆく

股ぐらへミートボールの軌跡きらきら光るのを声も出ず　春

点描の道をおまえは濡れてきてマイクのように突き出すクレープ

ぼんのくぼは探したのかい　物がよく消える寝床に二人は眠る

ドアの前まで海つれてくる朝食をいつか両手は作るのだろう

洗剤ならぶ日だまりへ蜻蛉来てひととき交尾前ですか、など
この星で愛を知りたい僕たちをあなたに招き入れてください

緑と楯　ロングロングデイズ

1. 薔薇のようなる事実

配布物まわす時おれをふり向くついでに微笑するのをやめろ

水飲み場でおれに借りたハンカチで普通に口を拭くのをやめろ

嫌いって疲れる　美しい曲を耳にそそいで奴を追い出す

馬鹿だらけです神様と告げ口する　骨のないパンこんなにうまい

コーヒーにフェアトレードと記されて頼むからフェアにしてくれ全部

公園で一番さびしい木を探すくせ　一瞬でいつもわかった

もしかして宇宙は人をあやすのかインディゴ羊羹な空に月

おれの中に勝手に花を作るなよ勝手に野うさぎを放すなよ

ファミレスと略さぬおれに春よ来い　将来おれは春になりたい

体内になにか準備ができていて吸い寄せられる楽器街へと

おれだけは我が家が好きだ顔っぽい家は心があるはっきりと

カップ麺の湯気で流星見逃しそうおれの星ならおれだけに降れ

早く来い。来るなと思ってやるから――くるなとこいはとても似ている

嫌いから好きへ変われば信号に引っかかりまくるという祝福

ジャンパーは涙を拭うのに向かず満月のごとき恥ずかしさかな

険悪な家の子どもが恋をするただその薔薇のようなる事実

セルフの茶を幾千杯と飲んできて惑星《ほし》のほとりにおまえと出逢う

寝ることと楽なのが好き走ることと予約が嫌い　君を知ってゆく

ゆっくりと心の型を取られてるこの感じ　そうこれが嫉妬だ

名を呼べずその顔を見て喋れずに鎖骨が鳥のようだったこと

夜は更けだんだん優しく見えてくる君のチェックのシャツの剣ボロ

階段の手すりの艶をゆっっっっくり撫でおろすまた来よきっと来よ

七色に分かれる前の光かな君が現われ待ったかという

ハッピーなふたりの意味と知るまでは迷路に見えていた双喜紋

知ってるかこの世の鍋という鍋のカレーはみんなつながっている

じゃあふたり同時にカレー煮る時はカレーの中で逢っているのか

覚めぎわに願いがあったこの皮膚に君の模様が宿ればよいと

プレッツェルのようにからりと腕からめ噂の柿のパフェなど目指す

動物の求愛図鑑をわが看板のごと抱えて冬は真冬へ

彼にくらった静電気には味があり静かな夜は反芻できた

血管が一本通る透明な歯ブラシになる　年が変わるよ

眩しさは君ばかりかと思ったらおれも光っていてどうしよう

黒糖かりんとうを耳に突っ込まれるようなおれの声だそうだ

手で耳を暖め冬の交差点おれは料理を覚えるだろう

身の内にもう一人いるかのようだ初めてひとの幸を願えり

次に会えたら言うことを考えてひげに風感じる冬休み

2. うずたか氷（苺）が溶けるまで

飛行機の轟音、郵便屋のバイク。音の奥から夏が来ている

かき氷をうずたかと呼ぶ人々よ京都は設定の多き街

別れてたものが一つになるときに人は嬉しい鴨川トリン

恋をした側だけ見える星多くほらタイムラグから流れ星

このパンと同じ柔らかさの耳朶か答え合わせがしたい真昼間

君のそのゆるいくせ毛は世界へのサービスにしておれを狂わす

遠くから見るのと足を浸すのは大違いなり川というもの

強い人になれる本など読んでいるジャスミン薫る日陰のチェアに

君のホログラムは少し優しくて日陰にいなよなんていうのだ

ああおれは総取りされる改札をゆらゆらと来る夏の菩薩に

うずたかは千年後にもあるだろう人はまだ片想いをするかな

最後には全てが水になるらしい、とは慰めになるか？（ならない！）

君の手のひらで小さな蝉となり今夜は笑いながら眠るよ

自分のチャームポイントなんて知らぬまま生きてる　むきにくいゆで卵

たまごむく極意は膜を味方につけること　ここが踏ん張りどころ

特急が滑り出すホーム広くて白いよ君の背中のように

君は去り頑丈な世界は続くおれもどんぶりも夏の駅も

3. 甘いものが食べたいときは

目を閉じる　自動で君が現われる　九割あまく一割つらい

街角にひとすじ杏仁の香り空気中から抱きに来てくれ

プリンでもゼリーでも生麩も駄目だ…今日も確かむ日陰の席に

歩くのに免許はいらないんだなと矩形の秋をぐらぐら進む

この宇宙、杏仁豆腐欲はただ杏仁豆腐のみが満たせる

頬を撫で講師の顔になる今はリュックの杏仁霜《きょうにんそう》を忘れよ

ただの愛されたいただの幸せになりたい男　語学を教《おし》う

満員のエレベータでは上向いてみんな苦しい一輪挿しか

最近はいろんな物の断面が♡で恋に逃げ場などない

ベランダに君の姿のＡＩを伴い出れば月齢をいう

音楽を逆から聞かされつづけるようだろう失恋後の日々は
成長したいと夢の中でも叫んでた月までもあるおれの伸びしろ
失恋のショックもエネルギーに換《か》うおれのスーツは特殊素材で
相棒が欲しいといえば相棒を差し出してくれそうな闇夜だ

レタスの中のほうには虫がいない愛せないことに言い訳はない

掌で彗星を止め悲しければ悲しいほどソムリエであれ

真夜中にふと面白き映画あり西瓜畑にたたずむ如し

距離は関係ないという奴にこそ最もくっついてるべきなのだ

逢わないことで保たれているようなこの空の高さと青さだよ

ＡＩが鍋のかたえに立つ夜長「いい匂い」ってどっちが言った？

鍋肌にふつふつおれみたいな男おれが神なら絶対愛す

初めての杏仁豆腐《あんにんどうふ》に杏仁ハイのＡＩ　二〇五六年《ごじゅうろく》の秋

顔の映りそうな杏仁豆腐から退いて撮影　楽しく食おう

クコの実をふたつ震える手で載せるおれを宇宙が見ていてくれる

目を閉じる　自動で君が現われる　今も確かに君は幸せ

暗い所で少し光ると書いてありダイヤモンドが欲しくなったぜ

甘いものが食べたいときは甘えたいときって瞼のおまえが言うな
なつかしい領土へ帰る日々だとも知らず歯ブラシこなれては替う

4. 宇宙がＹＥＳ

仲のよきおまえたちから産まれたるこの柑橘に名前をつけよ

あまりにも仲がよくって性別もお揃いにした二把の素麵

薄明に雨煮つつ君「おーい黒蜜」と呼ぶのはおれのことかな

始まってしまったんだよ白チョコをラングドシャに挟んだりするから…

テーブルの菓子のかけらを食べてたら風邪治ったんだねと言われる

何をしていても糸くずを取られるときには胸を張るおれの王

食卓に君の広げる収穫物見えてくる近眼は楽しい

リラックスの鬼は銘菓の個包装優雅にひらき目で「ほら」と言う

大丈夫なのに愛されているのに愚図ればアールグレイのげっぷ

快適なお部屋にしてと家電たちにお願いするのは子どもの役目

好きだった猫の死　雨が宝石に見えると君がやっと喋った

その胸のトマトを湯剥きするときに痛んだというのはどのあたり

ポケットに銘菓が一個それはつまり答えはYES宇宙がYES

ゆきあえば口づけ…近接宇宙では尾びれの長い君を知ってる

視界から消えても思慕のつづくとき俺が産んだっぽい草しんこ

君に肩貸して見上げるカモメたち野生の白はなんというかリッチ

図書館に煎餅息を香らせる愛しい人は困った人よ

この人をすべて受け入れる、をしてみたいよ夜の畳は海で

服を着て生まれた人を裸にする、おれにはそれほどのことでした

白湯彦《さゆひこ》を飲んのんするかいと朝が話しかけてきたかと思った

お茶漬けをチャヅといったよこの人は。きっと今だけ、聞けてよかった

5. クッキーとタフィー

クッキーを美味そうに食うからクッキーと呼ばれている　生きててよかった

毛繕いしたい俺されたい君が同室にいる静かな奇跡

グルーミングし合うブラシに絡まった毛ははつなつの風に飛ばせて

君を連れ帰る気分でアスパラの手を取るごとくかごに入れたり

手にQを描いてクリーム出でにけり恋には嵌りたくて嵌った

AIのバースデーケーキを買いにゆくAIの前じゃ黙って

花に花と同じ色の蝶がとまるくちづけ多き日々を生きおり

経験はあるよ王から人魚までこの人生がいちばん好きだ

砂糖　イイネ　砂糖は駄目　ソレモイイネ　いいからもっと近くにおいで

恋人はなにか美味しい時にだけ興奮をする大天使かな

ただいマイラブ　木彫り熊・ニポポたち・廊下に立たされているジュース

可愛い人はお願いも可愛くて　便せん透かしあるから見てね

二日目の野菜こんがらがりカレーお勧めですと澄ました顔で

便せんを透かせば外国の言葉　すべてが生きることを励ます

いま横で寝ている人に書く手紙ずっと船旅してるみたいだ

腰に手をあてておまえは独り言「毎日ほんと日替わりデイズ」

おれたちは閉じてる？　二対九十億のゲームくらいに開いているさ

おしっこと出発直後にいう奴よ長男タイプというはまぼろし

台風の後の道路は濡れて赤い実が落ちていてまるでおまえだ

はつなつの足きっちりと交差して信号を待つＸ《エックス》の女よ

リュックの底をぽんぽんと押し上げてくる今日買ったものが嬉しいらしい

神さま　こいつをおれにくれ月夜抱きあうと歩きにくくて笑う

「Xの女を今日は二人見た」シティーで何を見てるの君は

頬に雨　Xのうち何割がトイレを我慢してるのだろう

猫飼うか問えば間に合ってるという君の背中がなにやら広い

あの二本の木は何かの門かしらきみと通らば楽園の門

恋人は喜ぶと尾で打ってくるいちど光の加減で見えた

凄く凄く怒って「水切ってやる！」と濡れた茶こしをこちらへ振りぬ

君よそのキャンディ包みを解くように頑なな耳引っぱってくれ

君が君に似たケーキを食べていて全年齢の面影がある

おれに似たケーキって何？　ザッハトルテ。時には胸が苦しいほどに

雛鳥が身じろぎしたと思ったらネクタイを直してくれていた

室内が謎の素晴らしさで満ちてなんだこれはと両手など見る

もしかして全部流れていくのかと震えるときも隣には君

君の服着れば光が流れだし身悶えやまず変身のよう

お喋りは駄目か言葉にしなければ全てがあるとおまえは笑う

ベルが鳴り手紙を書いた君よりも新しい君が玄関にいる

おれからの恋文をおれの前で読む君はタフィーを噛み砕きつつ

大きめのミントグリーンのシャツから泡立つように君来る夕べ

花のごとき聴き上手なりなにかしら飲んでいつでも機嫌よき君

お互いに灸を据えあう夜きみが我慢をやめる練習を兼ね

熱いって言えて偉いねその腰のもぐさをのけて麦茶をあげる

気前よく忘れて生きる夜を飛ぶ白蝶を見た気がしたことも

もう一度☆がれ何度でも鮭べ夜空の網に二人でかかれ

「おやすみどり」「またあしたて」と体内が眩しいままで眠っていける

裸眠勧めてはやんわりかわされることも愉しい朝の白湯かな

むかしむかし缶を零れたクッキーとタフィーがあって、それがおれたち

6. 愛たいとれいん

彼を見たい　彼に至るまでに出会う人そのほかを眺めていたい

八月を君にゆっくり届きたい俺に宇宙がよこす各停

残された興味はついに愛しあうことだけとなるいま夏草と

この体が地図だったなら君がゆく町のあたりがほのかにかゆい

手のひらに座らせてくれたようだった愛から創られた夏の汽車

ロケに使われたことなんか忘れて赤ちゃんのままでいなよ駅は

牧草ロールは真面目で可愛い君のよう野にいて星を宿したつもり

運命に分かたれるまで触れあっている夏草と車の腹よ

紙魚のように光る姿勢のいい人がいると思ってよく見たら君

あとは寿司みたいな家に帰るだけ君がやたらと光っておかしい

生命のねらいは何だろう夜の空気が桜餅の匂いだ

素麺のほどいた帯を指先にゆらして君を起こしにゆこう

7. フル・オブ・ラブ

置いておくバナナの追熟が早い　春だ　宇宙に春が来ました

君の名は大人になればその良さが分かると床屋、ふいに予言者

ちんちんと薬缶がいうまでの静寂《しじま》大人のままごとは火を使う

湯がお茶になってゆく音聴いている　世界この親しき時空間

「みみみみーのどどどどど」とはおれのことらしく受け取る花祭りの茶

新しい友だちの家に行くときの匂いだ春の午後は今でも

げっぷから花香るほど甘いパン食えば名実ともに妖精

ジュース振るおまえ「振るオブラブ。これがフル・オブ・ラブな日々だ。聞いてる？」

シフォンケーキ片手に遺跡見に行こうめでたし今年最初の夏日

口に虫が入りそうで黙ってた体に響く愛しさのこと

そのむかし萵苣《ちしゃ》の匂いの屁をすなる青虫女房…こら、おまえだよ

幾重もの夜空の層に見守られ　たこ焼き定食、まじ成り立つ。

何か発見があったら教えてとおやすみ代わりに言い合い眠る

おれにとって空気は君で出来ている。君否定して生きる場所なし

動物のつがいに不仲ないことのコーヒーフロートばりの明晰

体洗うときに体表面積の果てしなければ翌日は風邪

荒れし唇《くち》手の甲にポンポンポン捺《お》して小花眺むる早朝の床

大の字になってにやけて食うアイス治ってゆくって楽しいことだ

今きみのタイトルは「乳首の目立つシャツ着てタジン鍋を持つ人」

「その乳首ヶ丘が目立つシャツ着たら夏だね」「そんな地名住みてぇ」

お土産のバナナビールがフィルインしサビへとなだれこむ夏の宵

ジャリッていう外国の砂が美味しい。砂まで美味いポルチーニかな

解釈が変わって過去が塗り替わる夏野にサヨウ　サヨナラ　サヨナガ

燃えている線香の先をパクっと口に含んでみただけの午後

幼少の君可愛くて現在のこの子もうんと愛されるべき

寝ていたらカーテン開かれし男「人生は眩しい」と呻きぬ

重要な夢だったとだけ憶えてるスーパーの床塩湖のごとし

棚の端までフレーバーコーヒーの獅子獅子獅子　宇宙は濡れている

ヴァイツェンを朝に飲んだらヴァイツェンのような日になる、ことに乾杯！

この星の空気は奴で出来てると知る日がくるぞ十八のおれ

錠剤とおまえのシャツのドット柄大きさ比べてる夏の卓

8. 風もないのにラーブラブ

俺のこと想うと光る謎の玉ずっと光ってるけどいいのか

スラックスの腿《もも》一歩ごとよく伸びて愛されている愛されている

この人はしないだろうと思わせてすれちがうぎりぎりで寄付する

放尿と放心もしていたでしょうフワフワおしっこは風邪をひく

「ひ買って」と君が書くのはひきわりの納豆買ってきてということ

「このお菓子ギモーヴっていうんだって」「モは入ると思った」「思った」

糠床のきゅうりに君が問うているおまえらしんなりする気あんのか

君の手を小さく感じるよ今夜月光フフッフフッ月光

ふと夜中目ざめて見つめ合っている白目に光、川だねここは

腰までの薄かきわけ宇宙風に吹かれながら呼びあう二人

キャラメルは歯を引っぱられるのが美味い白雲はいま世界地図ふう

あかるさむー、と君は笑えり明るくて寒い日々にも順応をして

寝てる口にコアラノマーチ入れられてコアラノマーチと寝ながらわかる

雨のなか駆け出すおれを使ってくれ（ぽん酢の作りかたを習った）

金色の鎖骨のようなものを拾う。ハンドルだ。使い方も知ってる。

剣選ぶようにフランスパン選ぶ死んでもいいぜドライブの朝

ぶどう狩り唇《くち》が疲れるほど食べて空も地面も近いひととき

うちの糸偏《いとへん》いますかと君の声しておれはもう存在が挙手

布団の中のおまえはとても楽しげでつられて布団に入ってしまう

君がいてくれたらきっと君以外のすべても愛せる…という求婚

「ご飯食べたい」と「雪が降ってきた」が混じって　ご飯降ってきました

競走馬ジブンノバイブレーションに賭け炭酸は速やかに飲め

君がわが尻とアルプス一万尺始めてけんかパフっと終わる

サクラトップ・ボルケーノ・ラテを手に手に七段飾りの裏で落ち合う

マスキングテープの獣切られつつ教えてくれる　春は今から

この家の車はみんな835…八月三十五日生まれか

おれはいま流星の光る尻尾に座っているぞおまえはどうだ

9. 色気と平和

チョコレートの箱振りたれば音弱くそんなに旨かったとは愛しい

奇跡とは君がかすかに首かしげ散歩を延長するか訊くとき

この熱く軽い体で君に会うことを想った雪をかきつつ

ふたりならもっと楽しいスキンケア　惑星の直列従えて

君の名の由来が以前とは多少異なっている　変わったんだね

ふつふつとダウンコートに雪の降る音にわが耳ひらかれてゆく

新年は気体のおみくじを引いてふたりで嗅げばふたりが吉よ

こんな凝った花のかたちに降る雪が無償で何だろう宇宙とは

賽銭を入れたい自動演奏のピアノの前におまえと佇《た》てば

ここは寒い。だから安心して燃えよう。友よ返事は唇にくれ

電磁波の味切なくて好きでまたおまえの胸の墨を吸い出す

筋トレの喘ぎ寄せてはかえす昼　部屋は遥かな暖流に乗る

目をあけてセーター脱げば編み目たちきゃあきゃあいいながら上昇す

みかん汁飛ばして照れる賢さの値えぐれて♡の形

歯ブラシを止めれば雨の音　生きていることにたびたび惚れ直す

好きな人に干してもらえた下着たち来世はきっと梨になれるよ

虹になる栄養素　君のすごろくが今夜も迎える小さな「あがり」

つむじ風ここにあそこに巻いておりお互いを気にかけることなく

10. 俺たちフェアリーている

うつ伏せに星抱くおまえからぷーんぷーんと寝息ゆうぐれの夏

クリスタル麺だねまるで春雨を冷やし中華に少し混ぜると

妖精の増えかたを知る夏の朝おまえがおれで顔を拭いてる

妖精は同居の人を妖精に変えるという方法で増えゆく

カステラを君はすすんで切る係ざらめのついた紙を咥えて

ああ宇宙ふたりから生まれたごみをふたりで捨てにゆく喜びよ

くちづけのまえ前髪は混ざりあいここに小鳥の声が加わる

水を止めると聞こえだす布団からおまえが歌うエーデルワイス

この星に月がひとつっきりゆえにおれの嫉妬はこんなに深い

酔っている君が発見する俺の乳首のあいだは一オクターブ

我が乳首《テンプルボタン》の色や硬度から明日の天気がわかる相棒

このごろは家の中でも手をつなぎ歩くよ体同士は惹かれ

ヤクルトを振りつつくれるこの人を兼古緑《かねこみどり》を大事にしよう

二一〇度の旅立ちを澄みながら待つ明けがたのパン生地六つ

長椅子に眠ればヴィーナス・ボーイだと生きてるだけで惚れ直される

ロボットとして出逢うのも楽しかろうアルミパウチを親しく揉んで

自動車のＡＩ《おつむ》眠らせ星降り積むあした夏毛になりますように

もう君は寝たかな熱い湯のなかで熱い胸にもよぎるさみしさ

風呂を出て居間に見つけたこの人と何か一緒にとても飲みたい

靴を履く君のくるぶし旅立ってつづいて靴を履く俺に風

俺が言うのもなんだがガガンボってのは行きたい方に行けてるんかな

日に五回歯ピカピカガムきみは噛む今がいかなる星回りでも

ヨーグルトキャンディーな月仰ぎおり虫よけスプレー吹かれるままに

君のこしらえた虫よけスプレーのラストノートがまるで金星

飛び込んでおいでこの最高にハッピーなタイムラインこと俺に

きゅっきゅって二回握ってから離す君はつないだ手をほどくとき

この空気中から必要なものは何でも取り出して愛の旅

結婚してからも感極まるたびに求婚をしてよいのだろうか？

この星をあの星をゆく二人だろうあらよっとフォーメーションZで

フォーメーションZで二重星と化すたいていい君が主星となって

Zして、Zと君はささやいた今生かぎりの熱いルールを
見つめ合うたびにどこかで開くドアそこから自由になってく誰か
別れたりしたらギリシャの神殿の柱のころに戻されちゃうぞ
君の体質の話を聞いているつまりは君はこだわりのパフェ

魔王にも事情があると語らって夜を歩けば肌はしっとり

朝焼けのストアーにサンドイッチの斜めの顔は笑っていたり

食べることを好きでいたい一冊と呼びたいサンドイッチの世界

店先に鹿が立ってて俺たちのどちらかといや俺を見ていた

この鹿はうろつく澄んだアンテナとして俺たちを受信している

アイスバーの霜浮きながら溶けるこの星に来たくてたまらなかった

あの鹿はおれを見てたとお互いに言ってこの世に謎を増やしぬ

四時間歩けば四時間つづくエクスタシーのち放たれる靴紐の蝶

風にゆれる自分の前髪が近い　居間へゆこう　しあわせをさがしに

幸せを探しに来たら君がいてあまいおうどん作ってくれた

おそろいのうどんを腹に入れて寝る二人だけいてすべてが遠い

良夜かなバナナのように重なって青いシーツの水辺にゆられ

ミキサーに夏の野菜を回してる　君が君にする素晴らしいこと

この腕をすり抜けて裸で立ってもずくをすする荻原楯《おぎはらたて》は

まじで蚊が消えてたじろぐファッションのつもりで蚊取り線香をたき

熊蜂が花のふとんに潜りこむ早く帰って俺もそうしよ

夏らしい雨だよ濡れにおいで、って　それはおれの新しい名前か
まっすぐな雨に濡れれば仕方ない仕方がないことは気持ちいい
「今年って何年《なにどし》だっけ」「香り年」いづれの御時だおまえは
旬のもの勧めらるまま金を出すゆるんだ君を見るのが好きだ

油断すると君が重たいほうを持つ米をよこしてガーベラを持て

みんな豆みんな風だよお互いの親のつもりで読みあう絵本

『恐竜のひみつ』をめくり君はつぶやく「恐竜に秘密などない」

朝めしは冷え冷えの鮨きみの目が一口ごとにもくもくひらく

夏の樹に口移しするからすいてそはめめめめと優しく鳴きつ

好物の缶詰家に増えている　おまえ「その缶増えるみたいよ」

おまえってほんとにいるの――いるよ――すごいなあ――そっちこそ――爪に半月

岩風呂をあがれば尻に岩のあと教えてやればピコッと笑う

ＵＦＯよりも流氷よりも君が見たい　時を忘れて壁を洗った

ちょっと雨やむと鳴き始める小鳥わかるよ俺も同じ気持ちだ

ねんねんねんか楯ねんねんか夏布団ひろげる鬼は眼鏡していた

さあ緑ねんねんだろう為になるご本は鬼が閉じてあげよう

どうしたの？　輝いちゃって。キッチンで出会いがしらにみずうみになる

目覚ましい星が我らに降るごとくお茶漬けに舞う山わさびかな

揚げたてのお揚げに醤油たらしたら君の声みたいな味がする

寝台に横たわる体がふたつ　夏を愛したあかしふた切れ

ライフワークは楯と言い切る凄い人ついに手がける睦言かるた

アカシアの花食べすぎに気をつけて　君は出てゆく香りのとばり

車から降りる自分の影のなか靴艶やかで君を想った

君と同僚になりたい席を並べ楽しく人の役に立ちたい

風とばかり思っていたが俺たちは草原編み機を見ていたのかも

夏は透明な象たちの行進そしてうわさの新そばが来る

11. 宇宙一の宝

この夏に三十回は食べたろうサンドイッチいやサンジュウドイッチ
指で作ったマルにおまえを見ているよ小さいね宇宙一の宝は

この家で子ども返りをやり尽くせ星へゆくなら軽くあらねば

サマーサラダ作ってきみを人質にまだまだ夏に立てこもるのだ

手ぬぐいで君の体を拭いてみる　いいね　また拭かせてもらうかも

素麺を交互に取り上げてゆけばやがてあらわな風の生誕

わさびつけすぎて頭を振っているおまえは人魚　跨ってみる

ディストーション効いたスズメに「何これ」と君が笑いながら目を覚ます

「質のいいショーツで大事に包もう。尻はワレモノだから」「了解」

「うまい。なんこれ。美味いこれ。凄くない？俺なに食べてんだろう」「ジャムパン」

堅琴を奏でるごとし立て膝の脛もおまえがぽりぽり掻けば

糸唐辛子《シルゴチュ》のめでたさ君の諦めの悪さどっちも抱えて秋へ

おれとここで人間になろう、なってくれ　月はいま一生ものの鍋

一生の願いを聞いて君はただダイオウイカの流し目をする

12. 地球をはみ出そう

いつかの世にはぐれた友を連れ戻すように買いたり桃色のシャツ

ハムとエッグがあったら何を作りたい？ エッグが誘導してるじゃん　夏を

新しい挨拶は「ホイップ!」「ホイップ!」この星最近太陽変えた?
こんなところが曲がるなんて　ああ　君にされるままヒーローが安らぐ
宇宙にどれほど愛されてるか知る日々の開始に同意【ここに捺印】
そのままで贈られるため果物は艶めく皮におのれを包む

写らないものの多さよカメラ構えれば世界が瞬きをする

なにか飲んだ後のグラスに水を入れ薄くて変なものを飲む夏

感動に視野ににじむとき合唱団《コーラス》はひとかたまりのべこ餅に見ゆ

自販機の文字をおまえが読む荒野「…ボより美味いのは……だけ！」

雪舟えま　ゆきふね・えま
一九七四年、札幌市生まれ。小説家・歌人。著書に歌集『たんぽるぽる』（文庫・単行本とも短歌研究社）、文芸絵本『ナニュークたちの星座』（アリス館）、現代語訳『BL古典セレクション1 竹取物語 伊勢物語』（左右社）、小説『緑と楯 ハイスクール・デイズ』（集英社）ほか多数。

令和四年一〇月二五日　第一刷印刷発行

緑《みどり》と楯《たて》　ロングロングデイズ　短歌研究文庫〈新ゆ－2〉

著者　雪舟《ゆきふね》えま
発行者　國兼秀二
発行所　短歌研究社
郵便番号一一二－〇〇一三
東京都文京区音羽一－一七－一四　音羽YKビル
電話　〇三－三九四四－四八二二・四八三三
振替　〇〇一九〇－九－二四三七五番
印刷・製本　大日本印刷株式会社
ブックデザイン　鈴木成一デザイン室
ISBN978-4-86272-728-2 C0092

解説に代えて（イラスト＝紀伊カンナ）

君を驚かせるために花が咲くから今は目をそらしてあげて

ティーカップに差し湯されれば礼をいう我ら銀河の代表のごと

人類が卒業したあとの星で君を待ちつつフォー屋をしたい

豆だったこと海老だったことそれを食む側だったこと　歯を磨く

些事こそが魂の願いであった右向きゃ右側が見えるとか
なあ髪はブラシをすると艶が出るのはなぜだろう　嬉しいからさ
解らない事はそのままで眠ろう健やかな皮膚・髪・眼のために
「酒ジュース」を発明したとはしゃぐ君それはカクテル　この淡い居間

「レモン汁紅茶」が美味とはしゃぐ君それはレモンティー　この淡い今

今は、いや今世で解らずともよい俺たちには永遠があるから

食べ終えた皿しばし眺める　去年皆で会っておいてよかった

この部屋の物にもう干渉はできぬと説明を受く星去る日

カレー後のオレンジジュースが最高で俺は良い敷物になれそう

夏の末つま先とんとん靴履いてそのまま行くだろう別の星

きっと観る暇なき動画撮るのやめただきみ見れば泣けてくるのだ

出発の前夜に見つく粉々の「懐中最中？」「汁粉？」「それだ」

「ほとびる」が最後に覚える言葉ならいい地球滞在だったんじゃ？
どこであれ生きるさ寝ころんで菓子のパッケージなんか読み耽って
愛の中にいながら愛を探すというテーマパークであった地球は

13. 月に住む

月に部屋と仕事を得たと君がいう われらの愛にそんな甲斐性が
この星に居られぬものを抱えつつ千枚漬けをうっとりめくる

あれに住むんだなあと月を指させばあれで済むかなあと笑う君

香り立つゼリーのベッドしつらえて月の市民は地震を愛す

髪が立ち涙は空に昇りゆくそんな暮らしを始めるんだよ

宇宙服での泣きかたも覚えてこれは君と暮らすに大事なスキル

定食が二つ載りきらない卓で決めているごく近未来のこと

この街にいよいよ四季を作るらしい　いっぱい泣くんだろうなおれは

相棒の運転あらくクッキーのかけらが月にうっとりと舞う

尾骨あたりに汗をかくきみ人工の夏でも夏の体になって

ベッドサイドの軟水硬水おれたちの乗っていた馬はこれだったのか

何度でもジャムの空き壜でつかまえて初めて見たって顔をしてくれ

隙あらば人にやるため蜂蜜をつね持ち歩く老爺となれり

腕がある時より深くいだきあう光と光再会すれば

あとがき　僕はもう熱源ラッキー

兼古《かねこ》緑《みどり》と荻原《おぎはら》楯《たて》という二人の青年の存在が私の脳内に降臨したのは二〇一三年のことでした。まずは楯が登場する小説を書き、それから緑と楯の出逢いの物語を書きました。以来、掲載先や出版社は変わりつつも、ずっと彼らのお話を書いてきて、いつのまにか「みどたてシリーズ」という広がりになってきました。いわゆるＢＬです。

みどたては小説だけでなく、二〇一四年からは短歌にもなりました。たくさんの歌が生まれて、いつか「みどたて歌集」をまとめたいなあと願っていたところ、短歌研究社の國兼編集長より『はーはー姫が彼女の王子たちに出逢うまで』（書肆侃侃房）を文庫化するお話をいただきました。そこで私から、ではではみどたて短歌もめいっぱい併載して読み応えたっぷりの一冊にしたい！と提案し、このような形で叶うことになったのです。

私はみどたて短歌を書くようになって、新たな次元の表現ができるようになった気がします。私の想いや情景をそのまま書くより、キャラクターを通したほうが、「私の」というタグが外れて、よろこびそのもの、愛しさそのもの、切なさそのもの、場面そのものを描けるようになったのです。そしてそのほうが、「私の」それらを描くよりもずっと軽くて楽しくて突き抜けた感覚になると気づいてしまったのです。自己の資質の芯に当たった感じとでもいいましょうか。

その後、ひとつのみどたてエピソードを短歌と小説の両面から描くということが自然に起こり、これが文芸というジャンルで自分のやりたかったことだと確信しました。

ひとたびそうした表現を始め、進めていくにつれ——他の人も作品を楽しんでくれたら嬉しいとは思うものの、人からの評価を期待しなくなっていきました。自分自身が無限の熱源であり、誰から照らされる必要もなく、暗闇でみずから勝手に輝く恒星であるという自覚が芽生えてきたのです。

彼らについてもうすこし補足すると、二人はパラレル地球の、いまの私たちよりちょい未来な世界の人物です。その地球で生まれ育ち、やがて月やほかの惑星へと移住してゆきます。ＳＦファンタジーＢＬ、こんなジャンルにピンとくるかたは、よかったら小説での彼らにも出逢ってくださいね♡

さいごとなりましたが、國兼編集長とスタッフの皆さん、編集者の國分由加さん、文庫版『たんぽるぽる』につづいて今回は六三八首のごっつい歌稿におつきあいくださり、ありがとうございました。心より感謝しております。また、小説のみどたてシリーズの表紙装画でお世話になっている漫画家の紀伊カンナさんには、解説をお願いしたところ素晴らしく可愛いイラストをいただき、身もだえして喜んでおります。読者さんにいっそう楽しんでもらえる本になりました。ありがとうございます。

本稿のタイトルはダフトパンク「Get lucky」の「We're up all night to get lucky」の空耳です。

二〇二二年九月末日　黄金の西日に満ちた部屋で

雪舟えま